KB059864

최향랑

꽃잎, 나뭇잎, 씨앗을 모으고 말려 콜라주 작업하는 일, 이것저것 그리고 오리고 붙이고 꿰매고 뜨개질하는 일 등 손을 움직여 하는 모든 공예 작업을 좋아한다. 그 결과물로 나온 '숲 속 재봉사' 시리즈는 아이들의 큰 사랑을 받고 있는 그림책들이다.

『믿기 어렵겠지만, 엘비스 의상실』과 『엘비스 의상실의 수상한 손님들』 연작은 성인 독자를 위한 첫 작품으로, 작가의 콜라주 '부심'과 함께 숨겨 났던 엉뚱한 매력을 맘껏 맛볼 수 있다. 믿기 어렵겠지만, 도전정신이 강한 작가는 책 한 권을 낼 때마다 독학으로 이것저것 배워 뭐든지 해낸다. 작가의 실크 스크린 첫 도전작이자 처음으로 작가가 직접 촬영한 장면들로 만든 『믿기 어렵겠지만, 엘비스 의상실』에는 믿기 어렵겠지만, 작가의 땀과 피로와 불면이 곳곳에 배어 있다. 물론 재미와 정성과 열정도. 믿기 어렵겠지만, 최악의 곰손 독자라도 이 책을 읽고 나면 뭐라도 자기 손으로 만들고 싶은 예술혼을 갖게 될 것이다. 이건 믿어도 된다.

믿기 어렵겠지만,
엘비스 의상실

ⓒ 최향랑 2018

2018년 5월 30일 1판 1쇄
2018년 12월 31일 1판 2쇄

글 그림 사진 최향랑 ∣ **편집** 김태희, 장슬기, 나고은, 김아름 ∣ **디자인** Studio Marzan 김성미
제작 박흥기 ∣ **마케팅** 이병규, 양현범, 이장열 ∣ **인쇄** 천일문화사 ∣ **제책** 책다움
펴낸이 강맑실 ∣ **펴낸곳** (주)사계절출판사 ∣ **등록** 제406-2003-034호 ∣ **주소** (우)10881 경기도 파주시 회동길 252
전화 031) 955-8588, 8558 ∣ **전송** 마케팅부 031)955-8595 편집부 031)955-8596
홈페이지 www.sakyejul.net ∣ **전자우편** skj@sakyejul.co.kr
블로그 skjmail.blog.me ∣ **페이스북** facebook.com/sakyejul ∣ **트위터** twitter.com/sakyejul

값은 뒤표지에 적혀 있습니다. 잘못 만든 책은 구입하신 서점에서 바꾸어 드립니다.
사계절출판사는 성장의 의미를 생각합니다. 사계절출판사는 독자 여러분의 의견에 늘 귀 기울이고 있습니다.
이 책은 저작권법에 따라 보호받는 저작물이므로 무단전재와 무단복제를 금합니다.
ISBN 979-11-6094-370-2 04810 ∣ ISBN 979-11-6094-372-6 (세트)
이 도서의 국립중앙도서관 출판예정도서목록(CIP)은 서지정보유통지원시스템 홈페이지(http://seoji.nl.go.kr)와
국가자료공동목록시스템(http://www.nl.go.kr/kolisnet)에서 이용하실 수 있습니다.(CIP제어번호 : CIP2018015242)
★ 이 책에는 아모레퍼시픽의 아리따 글꼴이 쓰였습니다.

믿기 어렵게지만,

엘비스 의상실

최향랑,

쓰고

그리고

만들고

찍다

사□계절

십몇 년 전 여름으로 기억한다. 오랫동안 잘 지내던 작업실을 주인이 비워 달라는
통에 한 달 안에 새로운 곳을 찾아 이사 가야 하는 처지에 놓였었다. 그사이 물가가
너무 올라 내 능력으로 얻을 수 있는 작업실은 작고 허름한 곳들뿐이어서 몇 날
며칠을 헤매고 다니느라 몸도 마음도 지쳐 있었다.

하루는 버스를 타고 가다 햇살이 하도 좋아 나도 모르게 내려 들어선 낯선
동네의 부동산 사무실에서 말도 안 되는 조건의 집 하나를 소개받았다. 초록색
원피스에 상기된 듯 뺨이 붉은, 묘한 인상의 부동산 주인은 요즘 셰어하우스가
인기라며 운을 뗐다. 혼자 사는 집주인과 공간을 나누어 살되 집안일을 조금 거들어
주기만 하면 보증금도 없이 관리비만 내는 특별 조건인데, 내가 조용해 보이고
화가인 것이 집주인과 잘 맞을 것 같아 권하는 것이라고 했다.

땀을 뻘뻘 흘리며 무언가에 홀린 듯 따라 들어간 고층 아파트는 햇살이 가득 들어와 밝고 깨끗하며 아늑한 것이 정말 마음에 들었다. 찬찬히 방을 둘러보는데 갑자기 뒤에서 꽥! 하는 이상한 소리가 들려왔다.

깜짝 놀라 거실로 나가 보니 소파에 주먹만 한 연두색 개구리가 앉아 있었다. 부동산 아주머니는 아무렇지도 않은 표정으로, 믿기 어렵겠지만, 개구리 씨가 이 집 주인이라고 했다. 개구리 씨는 웃고 있는 것도 같고 아닌 것도 같았는데 걸걸한 목소리로 천천히 한 마디를 내뱉었다.

"좋… 아….."

부동산 아주머니는 개구리 씨를 향해 고개를 까딱하더니 나에게 이것저것 집안의 규칙을 알려 주었다. 개구리 씨는 두 개의 욕실 중 하나에서 지낼 것이며 다른 곳은 모두 나 혼자 사용해도 좋다고 했다. 집안일은 알아서 하되 하루에 한 번 살아 있는 밀웜(딱정벌레 애벌레로 인터넷으로 100마리씩 구해서 통에 넣어 두고 사육해야 한다고 했다)으로 식사를 챙겨야 하고, 변기에서 반신욕하는 걸 좋아하니 청소하거나 물을 내릴 때 각별히 주의하라고 했다. 그것이 이 집에 사는 조건의 전부였고, 나는 마다할 이유가 없었다.

개구리 씨와의 셰어하우스는 어려울 것이 전혀 없었다. 아니 사실 누군가와 같이 사는지조차 잊어버릴 지경이었다. 다만 청소기를 돌릴 때라든지, 근처 비행장에서 비행기가 낮게 날아가며 굉음을 낼 때, 샤워기를 틀었을 때 개구리 씨가 갑자기 미친 듯 꽥꽥 울음소리를 내기는 했다. 하지만 아아, 그런 것쯤이야!

개구리 씨와 함께 산 지 일 년째 되는 어느 날, 개구리 씨가 거실로 나와 소파에 앉더니 며칠 뒤면 자기 생일이라며 말을 건넸다. 그는 수줍은 표정으로 여대생에게 인기 있는 스타일의 옷은 무엇이냐고 물었다. 나는 아무래도 학교 동아리 선배 같은 풋풋한 스타일의 맨투맨 티에 청바지 아니겠느냐고 심드렁하게 대답했다.

개구리 씨는 아무 말 없이 소파에 앉아 몇 시간이고 테라스 창밖 하늘만 바라봤다. 나는 개구리 씨에게 생일 선물로 옷을 만들어 주기로 했다. 화가다 보니 눈썰미가 있는 데다 어린 딸에게 손수 원피스 같은 것을 만들어 입히기 좋아했던 엄마의 어깨너머로 이것저것 익힌 게 있어 간단한 옷 같은 것쯤은 만들 줄 알았다.

개구리 씨의 생일날 아침에 나는 작은 맨투맨 티 한 벌과 청바지 한 벌을 개구리 씨 욕실에 걸어 두었다. 밤 새워 옷을 만든 터라 피곤해서 바로 잠이 들었는데 오후에 일어나 욕실에 가 보니 옷은 사라지고 빈 옷걸이만 있었다. 나는 부디 개구리 씨가 대학 생활에 성공하기를 빌었다.

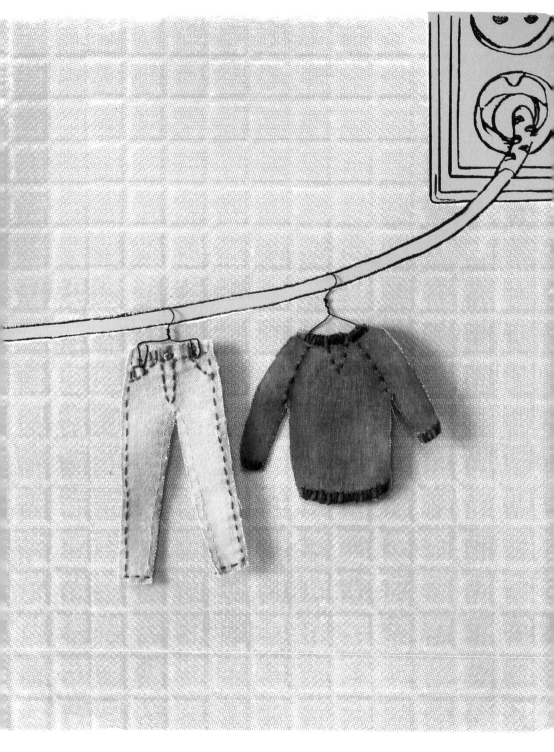

다음 해에도 개구리 씨는 자신의 생일을 며칠 앞두고 거실에 나와 앉아, 힙합을 좋아하느냐고 넌지시 내게 물었다. 오디션 프로그램도 보고 종종 힙합을 듣는다고 했더니 그럼 힙합 패션이 뭔지도 알겠네,라며 혼잣말을 하더니 아무 말 없이 몇 시간이고 창밖만 바라보고 있었다.

그제야 개구리 씨의 꿍꿍이를 눈치챘지만 터무니없이 좋은 조건으로 이 집을 온통 차지하다시피 하는 터라 이 정도 부탁은 들어주는 것이 맞다고 생각했다. 게다가 생일 아닌가!

개구리 씨의 생일날 아침, 나는 또다시 밤새 만든 헐렁한 티셔츠에 블랙 데님으로 만든 세미힙합 바지를 만들어 걸어 두고 잠이 들었다.

나중에 보니 옷걸이는 비어 있었지만 고맙다는 말은 한 마디도 없었다.

이후로 개구리 씨의 생일이 있는 5월이 다가오면 으레껏 옷을 한 벌 해 줘야지 생각하게 되었고, 개구리 씨는 내게 물음인 듯 주문인 듯 생일이 아닌 때에도 종종 옷을 부탁해 왔다.

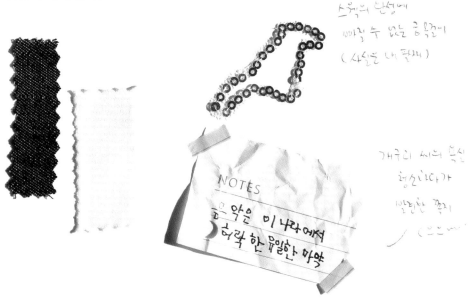

그동안 너무 놀아서 이제 정신 차리고 공부를 해 볼 참이라며 느닷없이 공무원 시험 준비를 하겠다는 개구리 씨.

강연을 듣거나 독서실에서 엎드려 잠깐 눈 붙일 때, 선 채로 컵밥을 후딱 먹을 때, 뭘 해도 편한 추리닝 세트를 만들어 주었다.

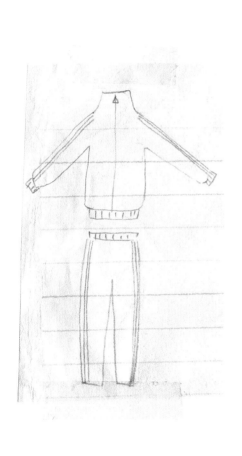

① ㉠

③ ㉢

2 다

①

③

5 다음 ㅇ
된 것은

㉠ 농
ㅇ
문
㉡ 한
ㅌ

3 다

보기

어쩌다 소개팅을 할 것 같다며 애써 별일 아니라는 듯 말하는 개구리 씨에게 요즘 유행하는 레트로 체크무늬의 화사한 양복 한 벌과 하늘색 셔츠, 빨간색 타이를 매치해 주었다.

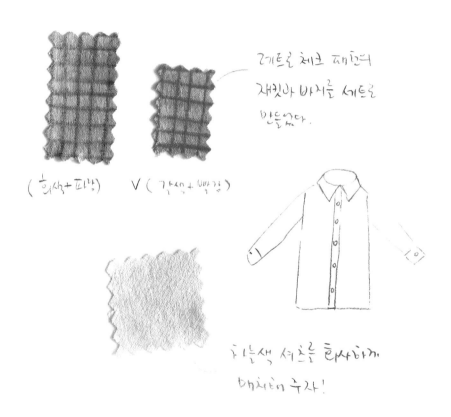

레트로 체크 패턴의
재킷과 바지로 세트로
만들었다.

(회색 + 파랑)   V (갈색 + 빨강)

하늘색 셔츠를 화사하게
매치하자!

그동안 다른 사람의 마음을 헤아리는 데 너무 무심했다며 자수를 배우면서 섬세함을 훈련해 보겠다는 개구리 씨에게 자수 장식의 부드러운 면 셔츠와 복고풍의 나팔바지를 장만해 주었다.

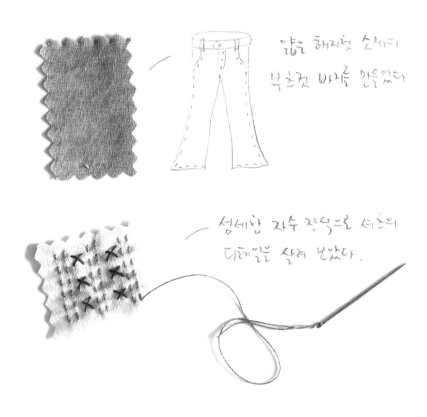

얇은 해지청 소재의
복고청 바지를 만들었다

섬세한 자수 장식으로 셔츠의
디테일을 살려 보았다.

연애는 너무 어렵고 부담스러워 오히려 혼자 영화 보는 게 좋다는 개구리 씨.
이제는 혼밥, 혼술이 더 마음 편하다고 아무렇지 않게 말하는 개구리 씨가 짠하게
느껴졌다. 있는 듯 없는 듯 혼자 무얼 해도 눈에 잘 띄지 않는 검은색 옷이 좋겠다.

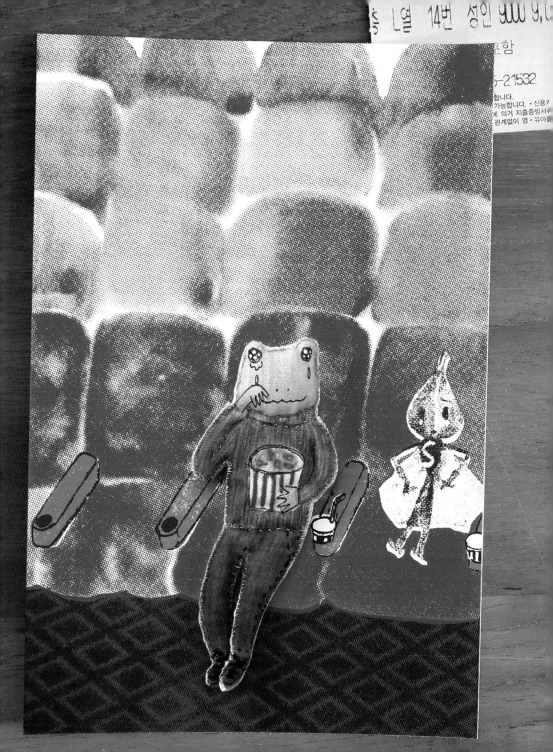

이제까지 겪었던 일을 글로 쓰면 소설 하나쯤은 나올 것 같다며 글쓰기 공부를
해 보겠다는 개구리 씨에게 카페에서 글 쓸 때 입을 편한 티셔츠와 카디건, 신축성
좋은 스판 소재의 바지를 만들어 주었다.

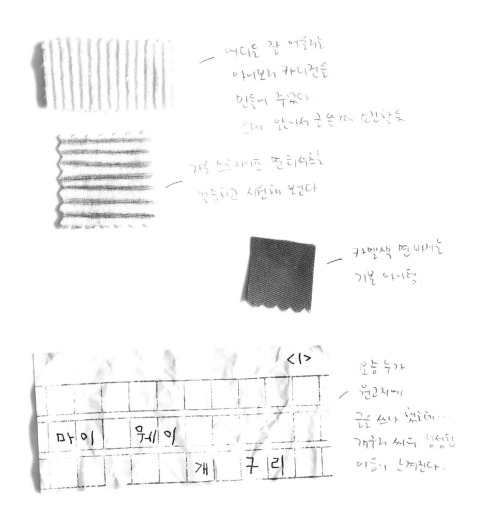

option

나이를 먹으니까 시간이 참 안 간다며 근처 백화점 문화센터의 동양화 교실에 다니기로 했다는 개구리 씨에게 좋은 생각이라고 맞장구를 쳐 주고는 화실용 앞치마를 만들어 주었다. 넉넉하고 편안한 체크무늬 바지도.

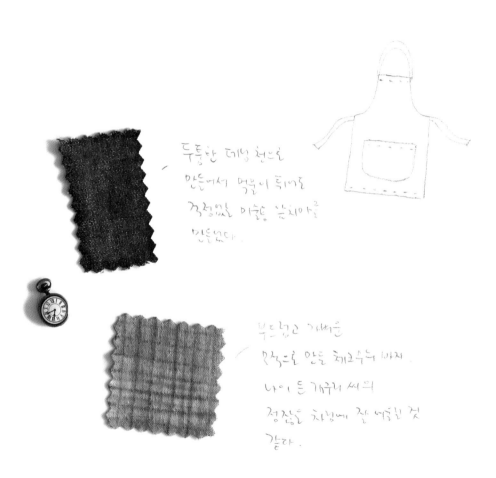

두툼한 데님 천으로
만들어서 먹물이 튀겨도
걱정없이 미술을 즐겨야²
만들었다.

부드럽고 가벼운
면직으로 만든 체크무늬 바지.
나이 든 개구리 씨의
정점한 차림에 잘 어울린 것
같다.

근래 들어 부쩍 나이 들어 보이는 개구리 씨이건만 요즘 같은 세상에 정년이 따로 있느냐며 아직도 할 수 있는 일이 있는 자신은 행복하단다. 개구리 씨는 택시 운전을 시작했다고 했다. 개구리 씨의 안전 운전을 기원하며 노란 드라이버 셔츠를 만들었다.

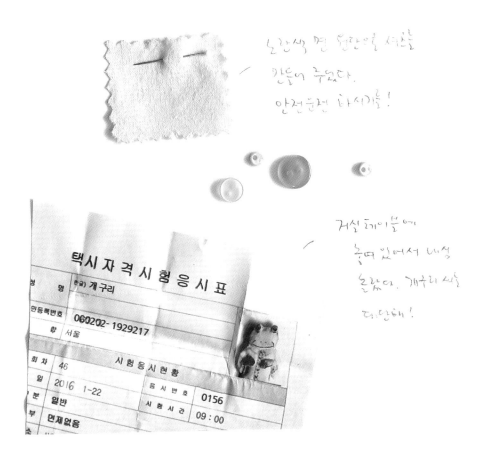

얼마 전 가벼운 접촉 사고를 내고 개구리 씨는 운전 면허증을 스스로 반납했다.
이제는 순발력이나 판단력을 과신할 수 없어서 모두에게 위험하다면서.

나는 개구리 씨의 현명함에 내심 감탄했다.

대신 개구리 씨는 아침 일찍 동네 공원에 가서 간단한 운동을 하고 약수를
떠 오는 등 부지런한 일상을 이어 갔다. 나는 동네 뒷산에 갈 때 입기 좋은 가벼운
운동복을 특별 제작해 선물했다.

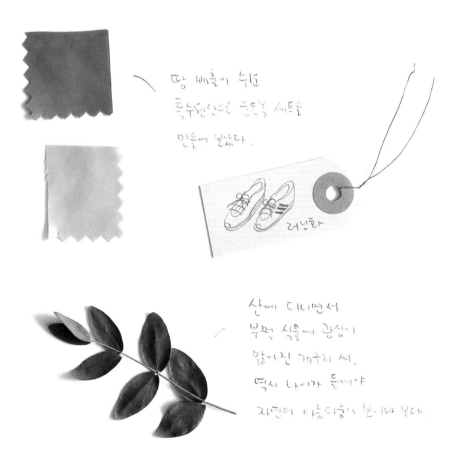

　오랜 시간 개구리 씨와 함께 살며 나는 최선을 다해 그의 부탁대로 옷을 만들어
주었다. 열 번째 생일 선물을 받은 날 아침, 개구리 씨는 거실로 나와 오래된
턴테이블의 전원을 켜더니 엘피판들 가운데 엘비스 프레슬리 레코드를 꺼내 바늘을
올려놓았다.

　럽미 텐더 럽미 스윗～

부드러운 노랫소리가 거실에 나직하게 흐르자 개구리 씨는 눈을 감고 잠시 음미하더니 그동안 한 번도 들려준 적 없는 자신의 이야기를 시작했다.

한집에서 같이 그렇게 오래 살았어도 긴 대화를 해 본 것은 처음이었다.

개구리 씨는 자신이 호주 출신의 화이트 트리 프로그라고 했다. 혈육 하나 없이 자기를 애지중지 키우던 할머니가 2년 뒤에 돌아가시면서 이 집을 물려받았다고 했다. 애완 개구리로 살다 보니 모든 것이 서툴러 먹이라든지 집안 관리라든지 누군가의 도움이 필요해 동거인을 찾았고, 나를 처음 보았을 때 왠지 믿기 어려운 일도 잘 믿어 줄 것 같아 마음에 들었다고 했다. 취업하려고 노력도 많이 해 봤고 연애도 결혼도 생각은 있었지만 쉬운 일은 아니어서 결국은 혼자 사는 것에 익숙해졌다고 했다. 같이 살면서 나에게 고민을 털어놓고 옷을 선물받을 때가 제일 행복했다고도 했다. 그러고는 아주 걸걸한 목소리로 고… 맙… 다… 고 했다. 처음이었다.

개구리 씨 말로는 자신처럼 천적이 없는 애완 개구리는 오래 살면 12년쯤 사는데 올해가 꼭 12년이 되는 해라며 자기는 이번 달을 넘기기 어려울 거라고 했다.

나는 왈칵 눈물이 났다. 그런 말 말라며 평균을 넘는 일이란 늘 있기 마련이라고 말해 주었다.

개구리 씨는 혹시나 운 좋게 다음 생일을 맞이할 수 있다면 엘비스 프레슬리 무대 의상을 만들어 줄 수 있겠느냐고 물었다. 나는 애써 명랑한 목소리로 물론이라고, 별 장식이 달린 아주 근사한 의상을 선물해 주겠다고 했다.

자기는 목소리가 워낙 걸걸해서 부드러운 목소리를 가진 엘비스 프레슬리가 부러웠단다. 그러면서 누구나 남들한테 말하기 부끄러운, 그야말로 꿈만 같은 꿈을 간직하고 있을 거라고 했다.

나는 잠시 엘비스 프레슬리의 화려한 무대 의상을 입고 부드럽게 노래하는 개구리 씨의 모습을 상상해 보았다.

개구리 씨는 마치 내 생각을 엿보기라도 한 듯 울음주머니를 부풀려 가며 배를 움켜쥐고 꽈드득꽈드득 커다란 소리로 어색하게 웃었다. 그 모습이 안쓰러우면서도 민망해 안절부절못하자 개구리 씨는 웃음인지 울음인지 모를 소리를 멈추고 이야기를 이어 나갔다. 자기는 이제 살 만큼 살았다며, 사람과 개구리의 시간은 달라서 12년 동안 인간의 평생을 겪었다고 했다.

그러더니 자기가 죽으면 장례를 잘 처러 달라고, 이 집을 내게 물려줄 생각이라고도 했다. 열 벌의 옷값으로 충분하지 않느냐며 개구리 씨는 까만 눈으로 말없이 미소를 지었다.

턴테이블의 레코드판에서는 어느새 치익치익 바늘 긁히는 소리가 흘러나왔다.

며칠 뒤 아침, 악몽을 꾸고 난 뒤라 기분이 이상해 개구리 씨 욕실에 들어가 봤다. 한쪽 구석에 개구리 씨가 눈을 감고 엎드려 있었다. 나는 설마 해서 등을 툭 쳐 보았다.

도자기같이 윤기 흐르는 매끄러운 피부에 담긴 살이 맥없이 흔들렸다. 나는 초록색의 아름다운 개구리 씨의 등 위로 뜨거운 눈물을 후두둑 떨굴 뿐 어찌해야 할지를 몰랐다. 개구리 씨는 내가 처음 만났을 때처럼 그냥 개구리 모습 그대로였다. 어느 누구도 아닌.

몇 시간 뒤 나는 작은 보라색 꽃을 실에 꿰어 화환을 만들어 개구리 씨에게 걸어 주었다. 그리고 다시 몇 시간을 우두커니 앉아 있다 정신을 차려 꽃목걸이 두른 개구리 씨를 한지에 잘 싸서 산책 다니던 동네 뒷산에 정성스럽게 묻어 주었다. 들꽃으로 꽃다발을 만들어 묻은 자리에 올려놓고는 죽어서는 호주로 돌아가라고, 거기에서 좋은 여자 친구 만나 알도 많이 낳고 잘 살라고 기도해 주었다.

믿기 어렵겠지만, 나는 그렇게 이 집을 물려받았다.

잘 가요. 개구리 씨...

개구리 씨가 죽고 난 그해 초여름부터 손님이 부쩍 많이 찾아오기 시작했다. 개구리 씨에게 명함을 받았다며 옷을 지어 달라고 문을 두드리는 이들은 하나같이 뭔가 크고 작은 고민거리가 있었다.

나는 자연스레 패션 상담과 더불어 고민 상담까지 떠맡았다. 내가 만들어 주는 옷이나 내가 건네는 충고가 나름의 위로가 되고 해결책이 된 듯, 나날이 손님들이 늘어났다.

나는 이제 해도 해도 별 성과 없는 그림은 접고, 나만의 의상실 간판을 내걸었다.

손님에게 주문받은 옷을 만드는 중간중간 아직도 가끔 개구리 씨와의 지난날들을 떠올리곤 한다. 고요함과 아늑한 분위기와 말 없는 이해로 가득했던 그 시절이 몹시 그립다.

나는 약속했던 엘비스 프레슬리 무대 의상을 개구리 씨가 죽고 난 다음 해 생일에 맞춰 완성했다.

개구리 씨를 묻은 곳은, 어딘지 헷갈릴 것 같아 좌표를 만들어 외워 뒀다. 자주 가는 산책로가 있는 뒷산의 소나무 군락이었다. 첫 번째 나무의 솟아오른 뿌리등걸에서 나무를 등지고 똑바로 내 발자국 다섯 개를 포갠 지점이다.

개망초며 제비꽃이 피어 5월의 동산은 제법 아름다웠다. 나는 다섯 발자국을 옮겨 개구리 씨가 묻힌 곳에 싸 갖고 간 옷을 내려놓았다.

"개구리 씨, 이 옷, 오늘에야 완성했어요. 반짝이 붙이느라 꽤나 고생했어요. 꽥꽥거리는 개구리 씨 목소리 처음엔 거북했던 것도 사실이에요. 그런데 듣다 보니 그 리듬에 마음이 편해지더라고요. 목소리가 부드럽든 거칠든 개구리 씨는 언제나 제 마음속의 엘비스예요."

나는 혼잣말을 하며 한참을 앉아 있다 집으로 돌아왔다. 그리고 개구리 씨의 무대 의상을 의상실의 눈에 가장 잘 띄는 벽 한가운데에 걸어 두었다. 그러고 나니 개구리 씨가 욕실 어디에선가 잘 지내고 있는 듯 허전한 마음이 덜어지는 기분이었다.

하루는 미어캣 두 마리가 찾아왔다. 손님인 줄 알고 문을 열어 주었는데 자신들을 조수로 써 달라며 까만 눈을 빛내며 사정하는 것이 아닌가. 자기들은 서 있기를 잘해 손이 자유로우니 뭐든 일을 좀 시켜 달라고 해서 나는 속는 셈치고 그들을 의상실의 임시 조수로 고용했다. 마침 손님이 점점 늘어 일손이 달리기도 할 때였다. 막막하게 집을 구하던 옛날 생각이 나기도 했다.

하지만 처음 이야기와는 달리 손재주가 너무 없어 바느질이 엉망인 데다 부주의해서 찻잔이나 실패 상자를 뒤엎기 일쑤로 의상실 조수로는 영 적합하지가 않았다.

그런데 뜻밖에 눈치가 빠르고 바람 잡는 데만큼은 특별한 재주가 있어서 예쁘다, 멋있다, 방청객 수준의 감탄사와 몸짓에 손님들은 매우 만족해했다. 거기에 한 가지 더, 곤충을 잘 먹어서 파리, 모기, 바퀴벌레 박멸에 아주 유용했다. 믿기 어렵겠지만, 그런 이유로 나는 미어캣 조수를 두게 되었다.

한쪽은 통통하고 말이 많고 또 다른 쪽은 키가 크고 몸짓이 활발했다. 편하게 불러 달라기에 나는 통통한 미어캣에게는 미자, 키가 큰 미어캣에게는 미미라고 이름을 붙여 주었다.

무슨 사연이 있는지는 모르지만, TV에서 동물 카페의 문제점을 파헤치는 뉴스가 나왔을 때 둘이 손을 꼭 잡고 몸서리치는 것을 본 적이 있다. 미자와 미미도 언젠가는 개구리 씨처럼 자신의 이야기를 털어놓을 때가 올 것이다. 개구리 씨가 내게 그러했듯 나는 그저 무심한 듯 말 없는 이해로 그들을 대할 뿐이다.

폭염주의보가 내린 7월의 어느 날, 일주일 전에 맞춘 옷을 찾아간다고 온 손님이 끝없이 이야기를 늘어놓는 통에 나는 완전히 녹초가 되었다. 이럴 때만큼은 미자, 미미가 "아이고, 그렇죠. 그렇죠." 하며 나 대신 지치지 않고 맞장구쳐 주는 것이 고마웠다.

그렇다. 오늘의 고객은 바로 처음 이 집을 소개해 준 부동산 사장님이다. 그녀는 늘 초록색 계열의 옷을 고집한다. 내심 고마운 마음에 그녀의 부탁은 뭐든 들어주는 편인데 오늘따라 이런저런 푸념이 세 시간 가까이 이어졌다. 피곤한 기색이 역력한 내 얼굴을 뒤늦게야 살펴보더니, "아유, 오늘 내가 말이 많았네." 하며 마지못해 일어섰다. "이렇게라도 이야기하니까 좀 낫지 뭐야." 하며 나가는 순간까지 그녀는 아쉬운 듯 말소리를 이어갔다.

엘리베이터 문이 닫힐 때까지 미자와 미미는 손을 흔들었고 우리는 현관문을 닫자마자 소파에 털썩 무너지듯 주저앉았다. 나는 부엌으로 가 얼음물을 한 잔 들이켠 뒤 애썼다며 미자와 미미에게 날벌레가 잔뜩 들어간 수박셰이크를 만들어 주었다. 호록호록 찹찹 참 맛있게도 먹는 그녀들을 보며 문득 어느새 정이 많이 들었다는 생각을 했다.

그때 현관문 벨소리가 방정맞게 울렸다. 아차, 영업 종료 팻말을 내걸지 않았구나. "죄송하지만 오늘은…."

그러나 나는 문 앞에 서 있는 이의 애처로운 얼굴에 말을 더 잇지 못했다.

"제발 제 이야기 좀 들어 주십쇼. 제가 꼭 부탁할 옷이 있어요."

거절했다가는 금방이라도 울음을 터뜨릴 것 같은 간절한 표정에 나는 망설이고 있었다.

켁켁, 미자와 미미가 마시던 주스를 내려놓고 부리나케 달려와 나 대신 땀범벅에 금방이라도 쓰러질 것 같은 깡마른 곱슬머리 사내를 맞아들였다. 나도 어느새 그에게 얼음물을 한 잔 건네고 있었다.

그는 단숨에 얼음물을 들이켰고 미자와 미미는 재빠르게 그의 얼굴 쪽으로 선풍기를 돌려놓았다. 그러고는 독수리에게 쫓기는 것처럼 부리나케 냉동실에서 얼린 물수건을 가져와 탁자에 톡 떨어뜨렸다.

그는 "고맙습니다, 고맙습니다." 중얼거리더니 물수건으로 얼굴을 북북 문질렀다. 저러다 눈, 코, 입이 다 지워지는 것은 아닐지 걱정스러울 지경이었다.

그는 물수건을 내려놓고 테라스 밖 하늘을 지그시 바라봤다.

"믿기 어렵겠지만, 저는 한때 경기도 일대 라이브 카페의 잘나가는 통기타 가수였습니다. 인기가 꽤 있었어요. 미사리 엘비스라는 별명도 생겨났죠. 실력이 있는 데다 펑크 한번 내는 일 없이 열심히 하다 보니 불러 주는 무대가 제법 많아져 그럭저럭 생활하기에 어려움이 없었지요. 좋은 곡만 하나 받으면 가수 데뷔는 시간문제라고 주위에서도 늘 이야기했고요. 그러자 저도 음반을 내 정식으로 데뷔하고 싶다는 욕심이 생겨났어요.

그 무렵 아는 형한테 작곡가를 소개받았는데, 제가 원하는 장르는 아니었지만 트로트로 해야 빨리 승부가 난다고 해서 트로트 곡을 몇 개 받기로 했습니다. 작곡료로 돈을 꽤 쏟아부었죠. 거기에다 작사료에 편곡료 등등 끊임없이 돈이 들어갔어요. 하지만 나온 곡들은 죄다 신통치가 않았어요. '곤드레냐 만드레냐' '밧줄로 꽉꽉' '아몰라파티' 등 꼭 어디선가 들어 본 노래들 같았고 이렇다 할 한 방이 없는 뻔하고 밋밋한 노래들뿐이었지요.

성에는 안 찼지만 거기서 멈출 수는 없었어요. 알량하게 모아 놓은 돈이 다 들어가자 빚을 져 가며 꾸역꾸역 음반을 만들어 내기는 했는데 그만 망해 버린 거죠. 빚 독촉 전화는 걸려 오고 살던 자취방에 산더미같이 쌓여 있는 음반만 봐도 울화가 치밀어 술을 마시지 않고는 견딜 수가 없었어요. 만사가 귀찮아져서 공연 펑크를 내기도 하고 술에 취한 채 무대에 오를 때도 있었지요. 그러다 보니 점점 저를 찾는 곳이 없어지더니 완전히 퇴물이 되어 버렸죠.

자포자기하는 심정으로 폐인처럼 술에 절어 지내던 어느 날이었어요. 며칠 전 친구 놈이 몇 푼 쥐여 주고 간 돈으로 편의점에서 소주를 한 병 사 가지고 나가는데 그 앞 파라솔에 앉아 있던 노인이 명함을 하나 꺼내 쓱 내미는 게 아니겠어요? 무슨 선전 문구 같은 게 적혀 있길래 요즘은 노인들까지 호객 알바를 뛰는구나 하며 소주병 담은 봉지에 대충 넣었는데 그때 그 노인이 빙긋 웃더라구요. 입이 어찌나 크던지 도저히 잊혀지지 않는 얼굴이었어요.

집에 돌아와 술을 마시며 요리조리 명함을 살펴보니 이렇게 쓰여져 있습다.

〈의상실〉 패션 고민 몸매 고민 인생 고민 한방에 모두 해결.
고민 많은 고객 대환영!

저는 잡동사니 서랍에 명함을 툭 던져 넣었습니다. 명함 따위는 까맣게 잊고
지냈는데 오래전 카페에서 같이 일했던 친구한테 전화가 왔습니다. 다짜고짜
'너 아직도 노래하냐?'고 묻더니 오늘 밤 자기가 일하는 나이트클럽의 가수가
펑크를 내서 대타가 필요한데 혹시 올 수 있겠냐고 하더라구요. 저는 정신이 번쩍
들어서 '그, 그럼 나 요즘도 노래해.' 하고 말해 버렸죠. 친구가 그러더군요. 그런데
너 무대 의상은 있냐고요. 그러더니 자기네 클럽에 남는 옷이 하나 있는데 가져가서
급히 수선을 해 보라고요. 알았다 하고 대충 전화를 끊고 나니 그때 잡동사니
서랍에서 굴러다니던 명함이 불현듯 떠올랐습니다. 그래서 옷을 찾아 지금 이리로
온 겁니다. 좀 도와주십쇼."

사내는 너무나 간절했다. 구깃구깃 쇼핑백에서 꺼낸 것은 낡고 촌스러운 반짝이
무대 의상이었다. 사내는 문득 벽에 걸린 엘비스 프레슬리 무대 의상에 눈길을
주더니 "저, 저겁니다! 저렇게 좀 멋지게 고쳐 주십쇼." 하는 것이었다.

"사정은 딱하신데 시간이 너무 없네요."

내가 곤란해하며 말하자 미자와 미미가 "아유, 조금만 손보면 되겠네." 하고
사내의 손에서 옷을 낚아채 활짝 펼쳐 놓고 뜯어보기 시작했다.

"스팽글을 여기랑 여기 좀 더 붙이고 허리랑 품, 소매 기장, 바지 기장 줄이고…."

내가 당황해하며 그만하라고 눈짓을 하려는데 어느새 옷이 나에게 떠안겨
있었다.

사내는 벌떡 일어서서 눈물을 글썽이며 연신 "고맙습니다, 고맙습니다."만 반복했다. 그러자 미자와 미미가 "아저씨, 머리 스타일도 영 그런데 옷 수선하는 동안 머리랑 메이크업 좀 손봐 드릴게요." 하고 싹싹하게 말했다.

무대 의상은 여기저기 줄이고 꿰맨 후 자수 장식을 보강하고 스팽글을 새로 붙이고 나니 제법 그럴듯해 보였다. 나는 큰맘 먹고 마지막으로 벽에 걸어 둔 개구리 씨의 옷에서 작은 별 장식 하나를 떼서 수선한 옷 가슴에 달아 주었다. 행운을 비는 의미였다. 그러자 어느새 옷에서 빛이 나기 시작했다.

그때 미자와 미미가 짠~ 하며 가수를 내 앞에 들이밀었다. 세상에! 술에 찌들어 초라했던 덥수룩한 사내는 온데간데없고 빛나는 눈을 가진 청년이 눈앞에 서 있었다. 나는 처음으로 미자와 미미의 손재주를 인정했다. 옷을 갈아입은 그는 마른 엘비스 프레슬리 같았다.

어느새 공연 시간이 다가오고 있었다. 하지만 그런 차림으로 지하철과 버스를 타게 할 수는 없는 노릇이었다. 미자와 미미가 "차로 데려다주면 되겠네. 우리도 노래 좀 들어 보고!" 하고 외쳤다. 그래서 우리는 생전 처음 변두리 밤무대란 곳을 가 보게 되었다.

어두침침한 홀에 현란한 미러볼이 번쩍이고 테이블마다 거나하게 취한 남녀가 부둥켜안다시피 붙어 있거나 쉴 새 없이 왁자지껄 술잔을 기울이고 있었다. 웨이터가 안내해 준 무대와 가장 가까운 테이블에 우리가 앉았을 때 나비넥타이에 반짝이 재킷을 입은 사회자가 무대에 나타났다.

"여러분! 기다리고 기다리던 오늘의 무대! 바로 그 싸나이 방현빈 군이 오늘 안타깝게도 접촉 사고가 나는 바람에 컨디션이 여의치 않아 무대에 못 서게 되었습니다."

그러자 여기저기서 야유가 터져 나왔다.

"아 뭐야~! 그럼 환불해 줘야지! 사기 아냐!"

"자자! 여러분! 그러나 방현빈 군 못지않은 실력파. 왕년의 그 싸나이! 미사리 엘비스를 소개합니다~!"

우우~~ 야유는 계속되었고 우리는 손에 땀을 쥐며 그의 등장을 기다렸다. 미자와 미미가 안절부절 허리를 곧추세우고 긴장된 경계 자세를 해 보였다. 그때였다! 화려한 조명을 받은 그가 천천히 걸어 나오며 부드러운 목소리로 "럽미텐더~~ 럽미스윗~~" 하고 노래를 시작하자 일순간 장내가 조용해졌다.

"럽미텐더 럽미스윗 올마이 드림즈 풀필~~"

정말 애간장을 녹일 듯 부드러운 목소리였다. 그는 무대 아래 테이블을 훑어 오늘의 은인들을 찾는 것 같았다. 그의 가슴에서 별 장식이 반짝 빛나고 나와 눈이 마주친 순간, 그가 내 눈을 지그시 들여다봤다. 아아, 무심한 듯 다정한 까만 눈동자! 감사를 넘어선 그 눈빛! 믿기 어렵겠지만, 그것은 너무나 익숙하고 그리운 개구리 씨의 눈빛이었다.

어느새 나는 손을 가슴에 모으고 울고 있었다. 그는 고개를 까딱, 윙크를 찡긋, 해 보이더니 더욱 목청을 돋우었다.

"올 마이 다알~~~랙!!"

귀청을 때리는 괴성에 클럽 안은 삽시간에 아수라장이 되었다.

"목 상태가 역시나 정상은 아니었구나. 어떡해."

미자와 미미가 안타깝게 발을 굴렀을 때 갑자기 나는 벌떡 일어서서 "올 마이 달링 알러뷰~~!" 하고 목청껏 소리를 질렀다. 그리고 흐느껴 울며 밖으로 뛰쳐나왔다. 클럽 안은 난리가 났다.

"뭐야! 미친 여자 아냐! 오늘 여기 왜 이래! 에이씨! 집어쳐!"

욕지거리들 사이로 사회자가 수습하는 소리, 다시금 꽝꽝 흥겨운 음악 소리가 들려왔다. 우리는 재빨리 차에 올랐다.

눈치 빠른 미자와 미미는 집으로 가는 내내 아무 말도 하지 않았다. 그리고 그 이후로도.

그럭저럭 우리는 잘해 나가고 있다. 처음에는 개구리 씨가 준 명함을 보고 찾아왔다는 손님이 대부분이었지만 이제는 입소문이 나서 단골도 꽤 생겼다. 그중에는 미자와 미미의 손님들도 제법 있다는 것을 부정하지 못하겠다.

그때 그 밤무대 사건 이후로 딱 한 번 미사리 엘비스에게서 연락이 왔다. 역시나 자기는 트로트보다는 발라드가 체질에 맞았던 거라며, 그래도 우리가 만들어 준 옷을 통해서 무대에 설 수 있었고 가수로서 심장이 뛰는 것을 느꼈다고 했다. 그리고 목소리를 아껴 다시 노래하고 싶은 마음이 들었다고 했다. 요즘은 술을 딱 끊고 지방 소도시에 내려가 낮에는 학원차 운전을 하고 밤에는 동네 라이브 카페에서 다시 노래를 하게 되었다고, 어떻게 고마운 마음을 표현해야 할지 모르겠다며 제대로 된 노래를 꼭 들려주고 싶다고도 했다. 그리고 자기 옷에 달아 준 별 장식이 의상실의 아끼는 무대 의상에서 떼어 낸 것이라는 걸 미자 씨와 미미 씨에게 들어서 알고 있다며 돌려주고 싶다고 했다.

등기로 보낸 편지의 봉투를 손바닥에 털자 별 장식이 톡 떨어지며 반짝하고 빛났다. 나는 별 장식을 손에 꼭 쥐었다. 그는 편지 말미에 자기가 일하는 곳이 어디인지 친절히 주소까지 적어 주었지만 나는 다시는 그를 보지 않게 되리라는 것을 알았다. 작은 별 장식을 다시 되찾은 개구리 씨의 엘비스 무대 의상은 여전히 의상실 한가운데서 빛나고 있다.

미사리 엘비스의 편지를 받고 나서 나는 지난 3년간 통 열어 보지 않았던 개구리 씨의 욕실에 들어가 보았다. 시간이 멈춘 듯한 개구리 씨의 공간에 서 있자니 어디선가 꽥꽥하는 울음소리가 들려올 것만 같았다. 문득 거울로 된 욕실 장이 눈에 들어와 열어 보니 텅 빈 장의 맨 아래 칸에 언젠가 집 안 여기저기서 본 적 있는 사진 열 장이 놓여 있었다. 명함 한 뭉치와 함께. 사진 속의 개구리 씨는 꽤나 행복해 보였다.

나는 사진들을 꺼내 먼지를 털고 작은 액자에 끼워 엘비스 무대 의상 옆에 잘 걸어 두었다. 개구리 씨가 미처 다 나누어 주지 못한 명함에는 그저 <의상실>이라고만 인쇄되어 있었는데, 나는 그 위에 "믿기 어렵겠지만, 엘비스"를 덧붙여 명함을 완성했다. 이제 이 명함은 내가 직접 나눠 줄 것이다.

나는 여전히 옷을 만든다. 화가 일은 일찌감치 접었다.

어떤 이는 때로 이야기하는 도중에 "휴~" 하며 스스로 정리된 얼굴이 되기도 하고, 말을 한 것만으로도 속이 후련하다고 한다. 문제를 꺼내 놓는 것만으로도, 고민을 들어 주는 사람이 있는 것만으로도 반은 해결된 거나 다름없는 모양이다.

자기만의 패션을 찾아낸 이들은 자기에게 닥친 다른 문제들도 비교적 잘 해결해 나가는 것 같다. 자신을 안다는 것은 반드시 외모에만 국한되는 것은 아니니까.

패션 고민, 외모 고민, 각종 고민이 있는 분들! 계속해서 <믿기 어렵겠지만, 엘비스 의상실>을 찾아 주기 바란다. 앞으로도 멋진 옷과 믿기 어려운 충고로 여러분의 개성을 찾아 주고 고민을 해결해 줄 것이다. 그리고 그로 인해 모두들 조금 더 행복해질 거라 믿어 의심치 않는다.

작가의 말

★

『믿기 어렵겠지만, 엘비스 의상실』(이하 『엘비스 의상실』)은 내게 도전의 연속이었다. 처음으로 그림책이 아닌 어른들의 책을 만들었고, 긴 이야기를 썼다. 처음 해보는 실크 스크린 작업으로 원화를 완성했으며 직접 사진을 찍어 보았다. 책이 세상 밖으로 나오면 그 자체로 존재하는 것이지 과정으로서 존재하는 것은 아니다. 그래서 나의 이러한 고군분투 도전기는 순전히 후일담일 뿐이겠지만 질풍노도와도 같았던 작업 과정을 이야기하지 않을 수 없다.

『엘비스 의상실』은 '수상한 작업실'이라는 그림책 작가들의 독립잡지에 들어갈 작업에서 처음 시작되었다. '수상한 작업실' 2호에 참여했던 나는 '수상한 의상실'이라는 제목으로 씨앗으로 만든 사람들의 의상실 이야기를 선보였다. 말린 열매와 씨앗들을 조합해서 사람을 만든 후 그 모습에서 이야기를 끌어내는 방식이었다.

이 씨앗 사람들은 모두 개구리 씨와 만나 엘비스 의상실을 소개받는다. 나는 씨앗 사람들을 통해 사람들이 무심코 지나치는, 혹은 보고도 보지 못하는 자연의 작고 사소한 즐거움을 전해 주고 싶었다. 시간과 마음을 들여 자세히 들여다볼 때 비로소 보이는 그 재미나고 귀여운 모습 말이다.

유난히도 팀워크가 좋았던 '수상한 작업실' 2호팀은 내친김에 전시회까지 열었다. 전시를 보러 온 사계절출판사의 김태희 팀장은 단박에 책으로 만들자며 제안했고, 나는 그와 함께 새로운 도전이 될 이 책을 만들 수 있어서 그저 기쁘고 좋았다.

이미 다 있는 내용이라 쉽게 만들어질 줄 알았던 이 책은 내가 엉뚱하게도 개구리 씨 이야기를 끄집어내는 바람에 일이 커졌다.

딸아이가 초등학교 때 우리는 진짜로 개구리를 키웠었다. '풀잎이'라는 이름의 개구리와 9년이나 함께한 추억은 그 자체만으로도 재미있는 이야깃거리라 언젠가 책으로 만들고는 싶었으나 『엘비스 의상실』의 개구리 씨로 나타날 줄은 미처 몰랐다.

『엘비스 의상실』은 총 두 권으로 되어 있다. 1권은 엘비스 의상실의 탄생과 개구리 씨 이야기이고, 2권은 엘비스 의상실의 작업 일지로 개구리 씨가 만난 씨앗 사람들 이야기다.

새로운 길을 가는 뜨거운 설렘의 반대편에는 정리되지 못한 열정이 불안하게 나를 재촉했다. 앉으나 서나 오로지 개구리 씨 그림 생각뿐이어서 어디를 가든 무엇을 하든 나는 한 줌 털을 뽑아 만든 손오공 분신들처럼 허깨비를 그곳에 보내 놓은 기분이었다. 지난가을 이후로는 제법 활발했던 학교와 도서관 강연도 모두 거절하고 집안 대소사는 물론 생존에 필요한 최소한의 활동마저도 극도로 줄인 채 깊은 굴속으로 마을 대신 물감과 실, 바늘을 들고 들어갔다. 돋보기에 햇빛을 모아 쪼이면 종이가 타듯 마음이 종이를 태울 온도에 다다른 순간 우연히 판화를 만났고, 레터프레스를 배우러 판화 작업실에 갔다가 실크스크린을 하게 되었다.

처음 판화를 배울 때는 오륙백 장은 족히 찍어 본 뒤에야 마음에 드는 장면들을 만들어 낼 수 있었다. 뒤로 갈수록 작업이 안정되면서 앞부분 작업과 결이 달라져 앞부분 작업을 모두 다시 해야 했지만 고단해도 좋았다. 깊은 밤, 낮에 판화 작업실에서 새로 만들어 온 실크판이 어떻게 찍힐까 두근두근 스퀴지를 당기던 순간들을 잊지 못할 것이다. 작업실과 거실을 온통 하얗게 종이로 뒤덮은 채 작업 앞치마를 두르고 소파에서 잠이 들었던 수많은 밤들도.

거기에 이번엔 사진까지 욕심내고 말았다. 솔직히 사진은 좀 자신 없는데 잘 찍은 사진보다는 나만의 시선이 담긴 사진을 넣고 싶었다. 전문 장비가 아니라 궁여지책으로 만든 조명판에 공사용 스탠드 불빛, 그리고 아침 해가 드는 거실을 스튜디오 삼아 온갖 실험을 하다 보니 조금씩 나만의 사진이 나오기 시작했다.

『엘비스 의상실』은 자기가 누구인지를 찾고 자신만만해져서 돌아가는 곳이다. 내가 난생처음 실크스크린에 도전하고 좌충우돌하며 사진 작업을 하게 된 것처럼.

개구리 씨 이야기를 가장 먼저 읽고 아낌없이 격려해 준 김태희 팀장에게 깊은 감사를 드린다. 작가와 편집자로 처음 연을 맺은 오랜 친구이자 동료인 그는 놀라운 집중력으로 어수선한 작업을 정리해 주었으며, 언제나 따뜻한 격려와 열정으로 지쳐 있는 내 마음에 용기와 생기를 불어넣어 주었다. 그 애정을 독차지할 수 있었던 소중한 시간들을 결코 잊지 못할 것이다. 그리고 눈빛만 봐도 통하는, 나의 첫 책부터 늘 함께해 온 스튜디오 마르잔의 김성미 실장이 있어서 빠듯한 일정에도 흔들리지 않고 단단하게 갈 수 있었다. 그가 아니었다면 이 복잡하고 어수선한 화면들이 절대 책의 꼴을 갖추지 못했을 것이다. 다시 한번 진한 고마움을 전한다. 또 판화 새내기에게 여러모로 많은 배려를 해주신 디비 판화 작업실에도 감사드린다.

오래도록 기다려 주고 배려해 준 착한 남편에게 고맙다고 말해 주고 싶다. 내가 개구리 사자고 안 했으면 어쩔 뻔했냐고 생색내는 딸 예린이와 무엇보다도 우리와 9년 세월을 함께 산, 내게 큰 이야기 씨앗을 심어 준 개구리 풀잎이에게 고마움을 전한다.

문득 학교 다니던 시절 새카맣게 연습장을 채우고도 시험을 망쳐서 늘 안타까웠던 친구가 생각난다. 부디 이 책이 나만의 덧없는 새카만 연습장이 아니기를!

고맙습니다!   고마워요!